Réponse

AUX LETTRES QUI ONT ÉTÉ ADRESSÉES A L'AUTEUR

DE

La Constantine.

Hommage

DE

LA RECONNAISSANCE,

PAR P. LAISNÉ,

COURTIER DE COMMERCE PRÈS LA BOURSE DE PARIS.

Heureux, cent fois heureux est l'homme qu'elle inspire !
Il goûte, ce mortel, le bien de son empire ;
L'estime et l'amitié viennent par leur douceur
Embellir ses destins, accroître son bonheur.

PARIS.

IMPRIMERIE DE MAULDE ET RENOU,

RUE BAILLEUL, 9 ET 11, PRÈS DU LOUVRE.

1838

DE LA

RECONNAISSANCE,

PAR P. LAISNÉ,

COURTIER DE COMMERCE PRÈS LA BOURSE DE PARIS.

J'aime la vérité : c'est elle qui m'enflamme,
Qui me porte à chanter toutes les grandeurs d'ame,
La gloire du pays, ses enfans, leurs succès :
Je suis du fond du cœur comme toi bon Français.

PARIS.

CHEZ ADDE, LIBRAIRE,

BOULEVARD POISSONNIÈRE, 17.

1838

RÉPONSE

aux lettres qui ont été adressées à l'Auteur du Chant national
dédié au Roi des Français, ayant pour titre :

LA CONSTANTINE,

OU

Le Drapeau Tricolore et Constantine,

par le Roi, la Reine et la Famille royale ; par la Chambre des Députés,
M. le Maréchal Comte de Lobau et Messieurs les Ministres ;
par l'Académie Française, l'Académie des Sciences morales
et politiques, et l'Académie Royale des Sciences et
Belles-Lettres ; par M. Decan, Maire du IIIe arrondissement de la ville de Paris, et par
d'autres honorables citoyens.

TABLE.

Première Partie.

Pages.

Deuxième Partie.

L'auteur a eu l'honneur de faire hommage du chant national ayant pour titre : La Constantine, ou le Drapeau tricolore et Constantine, transcrit avec sa musique à la fin de cette épître : Au Roi, à la Reine, à la Famille Royale, à la Chambre des Pairs, à la Chambre des Députés, à M. le Maréchal Comte de Lobau, à M. de Salvandy, Ministre de l'Instruction publique; à M. Martin (du Nord), Ministre du Commerce; à M. Lacave-Laplagne, Ministre des Finances; à M. de Montalivet, Ministre de l'Intérieur; à M. de Rosamel, Ministre de la Marine; à M. Bernard, Ministre de la Guerre; à M. Mollé, Ministre des Affaires étrangères; à M. Barthe, Ministre de la Justice; à l'Académie française; à l'Académie Royale des Sciences et Belles-Lettres; à l'Académie des Sciences morales et politiques; à M. Decan, Maire du troisième arrondissement de Paris, et à d'autres honorables citoyens.

Le Roi, la Reine, ainsi que LL. AA. RR. le Duc d'Orléans, Madame la Duchesse d'Orléans et Monseigneur le Duc de Nemours, ont daigné faire adresser à l'auteur, des lettres approbatives des sentimens qui l'ont dicté.

Dans sa séance du 24 mars 1838, la Chambre des Députés en a ordonné la mention au procès-verbal et le dépôt à sa bibliothèque.

M. le Maréchal Comte de Lobau et MM. les Ministres en ont approuvé le patriotisme par des lettres qu'ils ont bien voulu adresser à l'auteur.

L'Académie française, l'Académie des Sciences morales et politiques, l'Académie Royale des Sciences et Belles-Lettres en ont agréé l'hommage. Elles ont fait déposer ce chant dans la bibliothèque de l'Institut.

M. Decan et d'autres honorables citoyens en ont agréé les sentimens patriotiques par des lettres et des mentions écrites, bien honorables pour l'auteur.

Si les sentimens de la vérité et de l'admiration ont osé élever ce chant patriotique jusqu'aux plus nobles sommités de notre grande nation, c'était pour qu'une haute consécration grandît cet hommage si justement rendu au Roi, à l'armée et à notre glorieux drapeaux !

Hommage

de

LA RECONNAISSANCE.

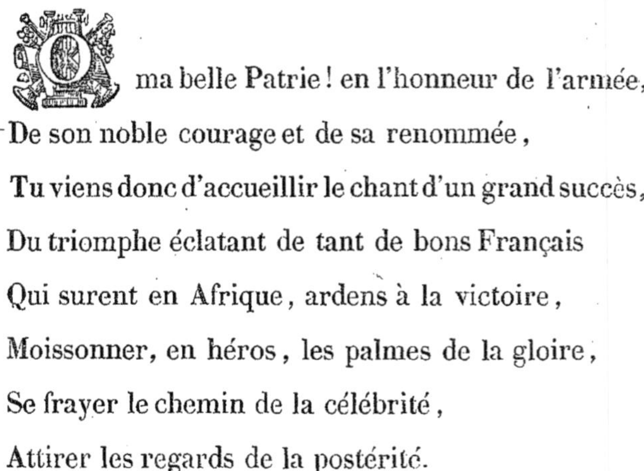

O ma belle Patrie ! en l'honneur de l'armée,
De son noble courage et de sa renommée,
Tu viens donc d'accueillir le chant d'un grand succès,
Du triomphe éclatant de tant de bons Français
Qui surent en Afrique, ardens à la victoire,
Moissonner, en héros, les palmes de la gloire,
Se frayer le chemin de la célébrité,
Attirer les regards de la postérité.

Descends, descends des cieux, douce reconnaissance,
Viens échauffer mon cœur de ta sainte présence;
Donne-moi ton amour, ton esprit bienfaisant,
J'ai besoin, tu le vois, d'être reconnaissant,
De me bien pénétrer de ta mansuétude,
De chasser au plus loin la noire ingratitude.

Cède-moi donc l'encens du culte de ta foi,
Et permets que je l'offre à notre illustre Roi,
Aux bontés, aux vertus de notre auguste Reine,
Aux grâces, aux talens de la princesse Hélène,
A tous les cœurs bien nés, aux braves citoyens
De la France qui sont les plus fermes gardiens;

Au dévoûment français de nos courageux Princes,
A nos représentans, l'honneur de nos provinces,
Au président Dupin, à l'homme de la loi,
De l'équité sévère et de la bonne foi :
Tout au bonheur public, dans ses devoirs austère,
Et constant défenseur du bon droit qu'il révère,

Sa profonde sagesse et son cœur vertueux
Le montrent citoyen intègre et courageux ;

Au magistrat Decan, à ses vertus civiques (1),
C'est par des actions belles, philanthropiques,
Un pur patriotisme, un cœur bon, généreux
Qu'il se fait estimer, qu'il sait se rendre heureux.
A son prochain toujours il sait rendre service,
Sage administrateur, il aime la justice;
Sa vie est exemplaire, et son humanité
Inspire noblement sa foi, sa charité.
Du pauvre qu'il soutient, toujours prêchant d'exemple,
Il aime que l'enfant dans le bien se contemple ;
Il fait par la raison, le droit sens, la ferveur,
Dans leur ame inculquer des principes d'honneur ;
Sensible à leur misère et prompt à leurs alarmes,
Il sait les soulager, il sait tarir leurs larmes ;
Il veille sur leur sort, père de l'orphelin,
La main de Dieu le guide, il règle leur destin.

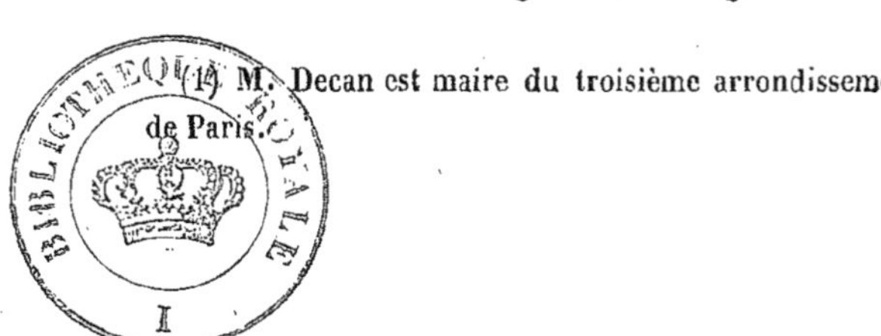

(1) M. Decan est maire du troisième arrondissement de la ville de Paris.

France si généreuse en ta philanthropie,
Toi, la mère des arts, de la philosophie,
Protectrice suprême, arche sainte du bien,
Salut de la morale et toujours son soutien,
Dans ta haute droiture avec la vérité,
L'histoire et la justice et la moralité,
Des muses, d'Apollon viens honorer le temple,
Cette source de bien d'un si fécond exemple.

Viens fêter avec moi les plus brillans talens
Par la reconnaissance, en brûlant son encens
Sur le divin autel du culte de dulie,
En l'honneur de plus d'une et grande académie,
Foyer du feu sacré, foyer national
Des plus nobles progrès de l'esprit libéral;
De cet esprit actif et d'un si grand empire
Que la France proclame et que l'Europe admire.

Il fait marcher le siècle, il le rend novateur,
Il éclaire le monde, il est son protecteur,

Sa puissance morale et son Dieu tutélaire,
Le régénérateur des hommes sur la terre ;
D'une céleste source, il rend les rois puissans,
Il dompte, il civilise, il fait les peuples grands.
Tolérant, généreux, on aime à le répandre :
C'est par nos instituts qu'il se fait bien comprendre.
Et ce sera par toi, France, que cet esprit
Fera du monde entier le bien qui nous grandit ;
Les peuples le devront au bienfaisant génie
De tes hommes savans, ta puissance infinie
A leur sainte lumière, à la plus noble ardeur
Que Dieu pour son triomphe entretient dans leur cœur.

Que tu donnes d'orgueil, ô glorieuse France !
Oui, les peuples en toi mettent leur espérance,
Tout l'univers est plein de tes nobles enfans,
Ils portent cet esprit sur tous les continens.
La science et les arts par leurs soins y prospèrent,
Et leurs enseignemens sagement les éclairent ;
Ils font chérir le nom, le beau nom de Français,

Par l'amour du travail qui les porte au progrès;
Ce nom si glorieux, si riche dans l'histoire,
Que viennent de fêter les filles de mémoire
Dans la Grande-Bretagne, en ce jour éclatant
Qui vit briller sa reine au saint couronnement,
Aux yeux de l'univers qui la montra si belle,
De grâce et de vertu que l'on admire en elle.

Oh! quel enthousiasme, en ce jour triomphal,
Les Anglais ont montré pour notre maréchal!
Ils surent applaudir, sur cette terre amie,
Notre illustre guerrier, sa glorieuse vie!
Le magnanime Soult, le digne compagnon
Et l'immortel soldat du grand Napoléon!

Autrefois ennemis, mais aujourd'hui plus sages,
Les Anglais, les Français se rendent les hommages
D'une belle union chère à la liberté,
Heureuse pour l'Europe et pour l'humanité.

La Patrie a reçu cet éclatant hommage

Que la grande Angleterre a su rendre au courage,
Avec reconnaissance et la franche amitié
Qu'elle porte aux Anglais en fidèle allié.

De ce suprême honneur fait pour échauffer l'ame
Quel est donc le Français qui n'en sent pas la flamme?
Qui n'a pas de son feu, l'orgueil saint et sacré
Du citoyen qui voit son pays honoré.

Sachons apprécier ce qu'un beau caractère
Nous donne de renom, de gloire sur la terre,
Et réjouissons-nous de voir tant de Français
Répandre la lumière et ses heureux bienfaits.

France, toujours tu sais te poser en exemple,
Graver de tes enfans les hauts faits dans ton temple,
Par l'ordre de ton Roi, grand dans ses sentimens,
Tu leur fais élever d'éternels monumens (1).

(1) Le roi a ordonné qu'un monument serait élevé à la mémoire de l'immortel Combe.

Hé! ne voyons-nous pas le Dieu de la victoire,
Le grand Napoléon, élevé sur sa gloire
Par Philippe et par toi, pour ses faits glorieux (1),
Les pieds sur la colonne et le front dans les cieux,
Prouver à l'univers l'honneur que tu sais rendre
Aux braves, aux héros qui savent te défendre;
Que tu sais applaudir à la moralité
Du tribut que je rends à la célébrité,
A nos triomphateurs, à leur grande vaillance,
Aux hommes courageux, aux lauriers de la France,
Au comte de Lobau qui sait au premier rang
Pour son pays toujours verser son noble sang;

Aux ministres d'état, à leur patriotisme,
A leur amour de l'ordre, à leur ardent civisme,
Sages propagateurs des arts et des progrès,
Qui savent les étendre, aider à leurs succès.

(1) Ce fut Louis-Philippe qui réédifia la statue de Napoléon sur la colonne.

Défenseurs naturels de la justice humaine,
Justes dispensateurs des droits de son domaine;
Qui savez soutenir par votre autorité
Et le trône, et le peuple, et notre liberté.
Vous, nos représentans, députés de la France,
D'un dévoûment si pur, d'une ferme constance,
Dans le temple sacré de la divine loi
Pour fêter nos héros, rendre justice au roi,
Vous avez consacré le chant de la victoire,
De nos braves couverts des lauriers de la gloire;
Que cet insigne honneur, éclatant! radieux!
A nos braves rendus, est juste et glorieux!

C'est un devoir sacré de répondre à l'hommage
Que ces hommes de bien rendent au grand courage
De nos braves soldats, à tous les dévoûmens,
Comme de proclamer leurs nobles sentimens,
Ce prévoyant esprit de leurs belles pensées,
La sagesse du chef qui fait les destinées;
De notre beau pays, sa force et sa splendeur,

2

De sa moralité la suprême grandeur
Que reflète aujourd'hui sa brillante jeunesse,
Ses jeunes citoyens, son espoir, sa richesse.

Ministre Salvandy, tu sais les diriger
Vers la science utile et les encourager
Dans l'étude qui fait des citoyens habiles,
Le vrai bien du pays, le bonheur des familles.

Du siècle connaissant les besoins et l'esprit,
Tu leur donnes ce goût que le siècle prescrit,
Qui redresse les mœurs et la littérature
Que notre époque veut sans fard et toujours pure,
Pleine de modestie et simple en ses atours
Telle qu'elle brillait dans les glorieux jours
De Racine et Pascal, de Voltaire et Molière,
Qu'on ne peut oublier sans aller en arrière,
Sans des muses ternir l'esprit pur et divin,
Sans troubler le bon goût marqué par leur destin.

Tu sais leur inspirer l'amour de la Patrie,
Le respect que l'on doit aux hommes de génie
Qui savent l'illustrer par leurs enseignemens,
Le travail, le courage et leurs nobles talens.

Et du Dieu créateur ton cœur sait leur apprendre
A respecter la foi ; tu sais leur faire entendre
Que c'est par la vertu qu'il le faut honorer,
Par l'équité toujours qu'il le faut adorer.

Sachez, jeunes Français, qu'il vous protége en père,
En homme progressif, que notre siècle éclaire ;
Que chef de la science, il en connaît le bien,
Que c'est par le travail qu'il est grand citoyen ;
Croyez que la vertu se perd par la paresse,
Qu'on ne s'en fait aimer qu'en aimant la sagesse,
Et que les noirs chagrins, les regrets superflus,
Font pleurer bien long-temps la vertu qui n'est plus.

Que l'homme qui veut être honoré sur la terre

A besoin de montrer un noble caractère :
Qu'il lui faut être juste, homme de probité,
Sincère, philosophe et plein d'intégrité,
Et n'altérer jamais l'honneur de sa parole;
Etre un homme moral, du bien être un symbole,
Savoir souffrir la peine en homme valeureux,
Limiter ses désirs, s'il se veut voir heureux.

Voilà de Salvandy la plus belle noblesse,
Ces principes sont ceux de sa haute sagesse.
Tel est son caractère et son cœur libéral.
Et comme il sait se rendre homme national
Par la direction qu'il donne à la jeunesse,
Nous faire un avenir de bonheur, d'allégresse
Et de mœurs, de vertus, de générosité ;
De courage, d'honneur, de sainte humanité!

Ministre prévoyant, Martin, par ta sagesse,
Le commerce est certain d'accroître sa richesse ;
Dans ses vrais intérêts, de bien s'harmoniser,

S'il en était besoin, de se moraliser ;
C'est à toi qu'il devra cette charte normale
Nécessaire à son ordre, à sa haute morale,
Au développement de sa prospérité,
A son esprit si pur, comme à sa liberté.

Tu protéges ses mœurs, tu ne veux dans son temple
Que la ferme équité qui s'y montre en exemple,
Que les transactions de l'homme sage et droit
Qui ne puisse troubler cet honneur qu'on lui doit,
L'intégrité sévère et la délicatesse,
La modération d'une pure sagesse,
Le travail, la justice et la frugalité,
La pénétration, l'austère probité,
La vérité toujours, l'ordre et l'économie
Et la persévérance et la philanthropie,
Cet esprit de commerce et si pur et si haut,
Toutes ces qualités qui le font sans défaut.

Et tu sais honorer le bienfaisant génie,

Le grand négociant qui lui donne la vie
Par ses nobles travaux, par son intégrité,
Par son intelligence et son activité;
Qui plein de son esprit, anime l'industrie,
Par amour des progrès toujours la vivifie,
Sur le sol étranger en répand les produits,
Par son or producteur en fait croître les fruits;
Qui sait sur la Patrie appeler l'abondance,
La paix et la concorde et la douce espérance,
Au monde présenter le pays florissant,
Heureux sous l'olivier d'un monarque puissant.

Tu portes les progrès sur notre agriculture,
Et Cérès obéit, enrichit la nature;
Tu donnes à cet art toute l'activité
Nécessaire à sa vie, à sa fécondité.
Comme le grand Colbert tu vivras dans l'histoire,
Et le commerce heureux bénira ta mémoire;
Sous ta protection, l'agriculteur joyeux
N'aura que la louange à chanter à ses dieux.

Oh ! que ma joie est vive ! et qu'il m'est agréable
De pouvoir exprimer au commerce honorable,
Tout ce que je ressens de bien et de fierté
De me voir en rapport avec sa probité,
De pouvoir proclamer cet esprit qui l'anime,
Et par bons souvenirs tout ce que j'ai d'estime
Pour les grands sentimens de ces hommes de bien,
Leurs principes si purs comme bon citoyen.

Je connais leur vertu, je connais leur droiture
Et leur intégrité dans la magistrature ;
De la foi du commerce ils sont les défenseurs :
Ils la font respecter par leurs arrêts vengeurs.

Et vous qui de Thémis avez l'ame sacrée,
Qui savez présider aux balances d'Astrée,
Vous, Aubé, Ganneron, juges d'un noble cœur,
Votre place est marquée au temple de l'honneur.

Et toi, noble Laplagne, en ta sainte droiture

Du commerce tu veux que la source soit pure,
Tu sais le protéger dans ce qui le grandit:
Pour le bien de l'Etat, tu veux que le crédit,
Que le crédit public, cette forte puissance
Des peuples et des rois, de notre riche France,
Se règle dans son cours par la seule équité,
Qu'il ne mente jamais à sa prospérité.

Tu repousses le jeu, sa foi basse et trompeuse,
De ses milliers d'amis l'escorte dangereuse,
L'esprit subtil et faux des hommes corrompus;
Tu veux que le crédit ait aussi ses vertus.

Tu sais stigmatiser l'ambition errante,
La conscience étroite et l'ardeur délirante,
De l'immoral joueur, son ennemi mortel,
Qui trouble ses rapports, son essor naturel,
Qui sait se préparer d'innocentes victimes,
Sur elles percevoir ses odieuses dîmes,

Dans la famille heureuse au sein de son repos
Porter le désespoir, la ruine et tous ses maux.

Que le jeu corrupteur, aux yeux patibulaires,
Que la France a chassé de ses affreux repaires (1),
Compagnon des chagrins, du malheur, des soucis,
Qui corrode le cœur au feu de ses paris,
Soit flétri sans pitié pour l'horreur qu'il inspire,
Qu'il descende aux enfers, dans son horrible empire,
Qu'avec les noirs remords, son cœur âpre et si dur
Demeure enseveli dans son cloaque impur.

Nos ministres d'état font aimer la morale :
Montalivet, ton cœur la rend nationale ;
La France, dans ton âme, en puise les leçons,
Et te voit avec joie en rompre les baillons ;
Par ton amour du bien et par ton esprit sage,
Tu sais la protéger, tu lui fais rendre hommage ;

(1) La France a fait fermer tous les jeux en 1837.

La Patrie en jouit dans une heureuse paix,
Elle se développe au milieu des progrès.

Tu rappelles les mœurs, tu chasses la licence :
Le théâtre est plus pur, l'on y voit la décence,
Les amours et les ris
Nous présenter Paris,
Et nous montrer Thalie
Et l'aimable folie,
Dans leur malignité,
Dans leur ronde gaîté,
Comme dans la souplesse
De leur caustique ivresse,
Exempts de cet esprit qui porte le dégoût,
Et ne s'exposant plus aux sifflets du bon goût.

Le pays est heureux, et par tes mains puissantes,
Il recueille aujourd'hui des moissons abondantes;
A voir son ascension, à voir comme il grandit,
Le développement de son brillant crédit,

Il semblerait qu'au pied de notre métropole
S'échappe abondamment le merveilleux Pactole ;
Et pour notre industrie et son suprême essor,
Que ses divines eaux ne roulent que de l'or !

Tout obéit et marche au gré de la fortune,
Et Rosamel commande au puissant dieu Neptune.
Nous voyons nos vaisseaux couvrir toutes les mers,
Porter nos trois couleurs au bout de l'univers,
Protéger les Français sur la terre étrangère,
De Rosamel montrer le noble caractère,
L'esprit patriotique et son cœur pénétré
Des intérêts qu'il sert en ministre éclairé.
C'est par toi, Rosamel, que notre belle France
Fait briller sur les eaux sa seconde puissance :
Du dieu des mers tu sais honorer le trident,
La conque des tritons sonne ton dévoûment,
Et d'échos en échos leur divine trompette
Le porte jusqu'aux cieux : la France le répète,

Pour rendre un juste hommage à ta haute équité,
A ton patriotisme, à ta célébrité.

Toute cette grandeur, cet accord admirable,
Prend sa source en un chef d'un esprit immuable :
Suprême ordonnateur, sa haute volonté
Est tout à son pays, à sa prospérité.

Aux Dieux inspirateurs Philippe sacrifie,
En hommage du bien qu'il veut à sa patrie.
De la sainte morale il est le défenseur,
Du commerce et des arts, il est le protecteur;
Il en connaît l'esprit et toute l'influence,
Et sur le sort du monde il connaît leur puissance,
Tout ce qu'ils ont de germe et de fécondité
Pour le bonheur du peuple et pour la liberté.

Paris, cité du goût et de l'intelligence,
Sous son règne se voit briller par l'opulence;

Plein de vie et d'ardeur, brûlant d'activité,
Sur le chemin fleuri de la prospérité.

Cette ville aux progrès est loin d'être rebelle :
Chaque jour on la voit et plus grande et plus belle;
Tous ses temples divins, par le temps délabrés,
Aux yeux admirateurs se montrent restaurés;
Et par un sage esprit des devoirs canoniques,
De la religion les saints évangéliques,
Renversés par le temps, ruinés de vétusté,
Détruits par la terreur et par l'impiété,
Ont été rétablis sous leur beau frontispice;
Ces hommages rendus au Dieu de la justice,
Deviendront pour la France une félicité,
Une source de bien et de moralité.

C'est merveille, vraiment, de voir nos édifices
S'élever et finir sous ses heureux auspices,
De voir tout ce qu'il fait pour embellir Paris,

Jusqu'où va son ardeur pour le bien du pays.
Versailles dit assez, par sa magnificence,
Ce que notre grand roi désire pour la France,
Et comment il comprend le grand art de régner,
Jusqu'où va sa sagesse à nous bien gouverner.
Aux utiles travaux qu'inspire son génie,
L'on reconnaît en lui le roi de l'industrie,
Le prince du travail qu'il sait encourager,
Un souverain actif qui veut le protéger.

De l'ode à nos héros, en sa suprême grâce,
Son cœur sut accueillir l'heureuse dédicace (1);
Toutes ses actions montrent ses sentimens :
Combien pour les Français ils sont nobles et grands !

Que j'aime à présenter ici ma déférence,
A répondre humblement à la haute indulgence
Qui daigna recevoir ce chant, le proclamer !
Que la reconnaissance est douce à exprimer.

(1) La dédicace de la Constantine.

Roi, princes, citoyens, vous en donnez l'exemple:
L'honneur que vous rendez sort toujours de son temple;
Votre grandeur connaît cette divinité,
Ce sentiment romain, sa sainte autorité:
Dieu l'a placée au cœur de notre Roi Philippe,
Afin que la Patrie en conserve le type,
Et que ses défenseurs fussent bien assurés
Que par ce roi toujours ils seront honorés.

Heureux, cent fois heureux est l'homme qu'elle inspire!
Il goûte, ce mortel, le bien de son empire;
L'estime et l'amitié viennent par leur douceur
Embellir ses destins, accroître son bonheur.

Mais qui ne sent donc pas cette divine flamme,
Cette sainte chaleur qui fait parler notre ame,
Et la porte ardemment à chérir un bienfait,
A répondre de cœur à celui qu'on lui fait.

Ces hommes que l'on voit répandus en ce monde
En nobles sentimens d'une ame peu féconde,

Toujours enclins au mal, artisans des revers,
Jaloux, vindicatifs, égoïstes, pervers,
D'un cœur pusillanime et dévorés d'envie,
D'un caractère altier et pleins de perfidie,
Qui de la médisance ont le noir aiguillon,
Pour piquer en sournois l'homme sincère et bon;

Comme le frelon fait à l'abeille timide,
Lorsqu'elle ne peut fuir d'un vol assez rapide,
Ou lorsque confiante en sa simplicité,
Elle ne voit en lui qu'amitié, que bonté!

Je plains ces hommes froids, pétris d'indifférence,
Qui ne connaissent pas de la reconnaissance
Le charme et la douceur, du plaisir qu'elle fait,
Toute la dignité, combien elle a d'attrait!
Ah! s'ils pouvaient sentir ce bonheur indicible
Qu'elle fait éprouver à toute ame sensible,
Qu'ils applaudiraient fort à tous ses mouvemens!
Comme ils apprécieraient ses divins sentimens!

Qu'ils me sauraient heureux de me voir l'avantage
D'être ici son organe, et d'en porter l'hommage
Aux pieds de notre Reine, à son aménité,
De me voir humblement répondre à sa bonté,
Peindre à son noble cœur l'amour et l'allégresse
Qu'inspirent ses vertus et sa haute tendresse,
Le baume bienfaisant, si pur, si généreux
Que sa main sait verser sur tous les malheureux.

Notre souveraine,
Notre auguste reine
Est bonne est humaine,
Toute de candeur ;
Elle est l'espérance
De l'humble souffrance,
Et sa bienveillance
Est pour le malheur.
La vertu suprême
Dont elle est l'emblème,
Oui, comme nous, l'aime ;
Son cœur généreux,

Sa bonté touchante
Et son ame aimante,
Pour le bien ardente,
Nous rendent heureux.

Ils la font adorer, ils portent la Patrie
A vouer à son ame un culte de latrie,
Sans cesse à la bénir, à l'aimer constamment,
La couronner des fleurs du plus pur dévoûment.
Français, unissons-nous et chantons ses louanges,
Le ciel nous prêtera la parole des anges.
Sur les autels divins déposons les tributs
Que nous sommes heureux d'offrir à ses vertus.

Il n'est rien de plus beau que la reconnaissance :
A l'exprimer mettons toujours notre constance ;
Apprenons par l'exemple aux humains à l'aimer,
Il est si doux au cœur de la faire estimer.

C'est elle qui remplit nos temples de l'hommage

Que le fidèle rend au Dieu puissant et sage,
Et qui de l'Éternel nous mérite en retour
Et les fleurs et les fruits de son divin amour.
C'est elle qui bénit l'ame grande et candide
De l'auguste princesse et tendre Adélaïde,
Qui rend à sa bonté ce qu'elle fait de bien,
Au séjour de douleurs, à l'hospice d'Enghien,
Et chez la Charité, dans son modeste temple,
Qui fera pour toujours graver ce bel exemple
De grandeur, de vertu, de générosité,
Des devoirs les plus saints dus à l'humanité.

De sa perfection, de son temple admirable,
Que l'encens pur s'élève en parfum agréable
Vers la princesse Hélène et sa noble candeur,
Ses talens, sa vertu, son aimable douceur!
Qu'il la pénètre bien de ma reconnaissance,
De cet amour si pur que pour elle a la France,
Et des vœux qu'elle fait pour sa postérité,
Qui consolidera notre prospérité.

Honorons à jamais la divine morale
Des hautes qualités de son ame royale.
Qui pourrait ne pas dire en voyant ses attraits,
Avec la vérité que reflètent ses traits :

Ah! qu'une femme est belle! Ah! qu'elle est adorable!
Qu'elle a de dignité, que son joug est aimable,
Lorsque par ses vertus elle se fait aimer!
Qu'elle plaît par ses mœurs! qu'ils la font estimer!
Heureux l'auguste époux pour elle plein d'hommages!
Qui voit ses jours unis à des jours aussi sages,
Qui comme elle constant dans cette austérité,
Fait honorer son nom par sa moralité.
Du bonheur Dieu peut-il donner un autre gage?
Très auguste duchesse, agréez cet hommage :
Vous prouvez que l'hymen, en formant vos doux nœuds,
A su de notre France accomplir tous les vœux.

Par Dieu vous nous êtes donnée
Comme symbole du bonheur,

Dieu marqua votre destinée ;
Pour notre bien, notre grandeur,
Vous êtes l'heureuse espérance
Du glorieux pays de France.
Notre amour, nos cœurs, toujours
Fêteront votre ame chérie,
Et votre nouvelle patrie,
Saura vous offrir d'heureux jours.

Pour chanter tant de bien, que pourrait ma franchise
Si le pays, heureux, n'aimait qu'on le redise,
S'il n'en était l'écho, s'il n'en était témoin,
S'il ne le répétait et plus haut et plus loin ?

Que ne suis-je inspiré comme toi, Lamartine !
Que n'ai-je de ton feu l'étincelle divine !
Le cœur ne suffit pas pour autant de grandeur :
Il faut de tes accens la verve et la chaleur.

Comme je chanterais d'une aimable princesse

Qui conduit avec art, tant de délicatesse,
Un ciseau qu'elle honore et qui sait à son tour
Très généreusement la payer de retour,
Le précieux talent qu'on ne voyait qu'en l'homme
Qui rappelle les jours, les brillans jours de Rome,
Ce temps où florissait l'art divin du sculpteur,
Où, comme sous Philippe, il était en honneur.

Je tresserais de fleurs une belle couronne
Qu'à la haute vertu toujours la vertu donne,
Je l'accompagnerais du plus pur sentiment,
Aux filles d'un grand roi je ferais ce présent;
Joyeux de mon bonheur et dans ma douce ivresse,
J'écrirais leur bonté, j'écrirais leur tendresse,
Je chanterais leur cœur, leur amabilité,
Je fêterais ainsi la sainte vérité.

Mais je me trouve heureux, mon sincère langage
Exprime mon respect, la foi de mon hommage:

Princesses, agréez de votre serviteur
Le plus pur dévoûment de la plus vive ardeur.

De votre sagesse profonde,
Brillent vos jours, brillent vos ans!
Par Dieu l'astre éclatant du monde,
Vous assure de beaux printemps!
Les grâces vous rendent aimables,
Les muses vous font adorables;
Pour vous sont les ris, les plaisirs.
De nectar divin, d'ambroisie,
Vivez... que la douce harmonie
A jamais charme vos loisirs!

De ses tendres accords qu'elle enchante la vie
Modeste, pure et belle, et si digne d'envie,
D'une auguste princesse aimable en sa candeur,
Des Belges, nos amis, la reine et le bonheur!
Par ses hautes vertus elle est l'éclat du trône,
D'un roi qui la chérit, dont la noble couronne

L'esprit, les qualités rapprochent deux pays,
Deux peuples si bien faits pour demeurer unis.

Reine d'un peuple brave, acceptez que la France
Vous porte dans son cœur, vous aime avec constance:
Pour vous, pour Léopold, pour les Belges heureux,
Recevez son amour, son encens et ses vœux.

France si généreuse en ta philanthropie,
Toi, la mère des arts, de la philosophie,
Protectrice suprême, arche sainte du bien,
Salut de la morale et toujours son soutien,
Dans ta reconnaissance en ton ame qui brille,
Tu te plais à fêter cette illustre famille,
Qui sait par le travail, les mœurs et la valeur,
Elever au plus haut ta gloire et ton bonheur;

Que le ciel en sa grâce avec nous la chérisse!
Qu'il verse sur ses jours ses dons! qu'il la bénisse!
Qu'il donne à ses vertus le plus riant destin,

Le bonheur le plus pur, le sort le plus divin!
Qu'il accorde aux Français par ses faveurs suprêmes
De la tenir heureuse, ils le seront eux-mêmes;
Ils verront leur pays dans la prospérité,
Marcher en grandissant avec la liberté.

AU ROI ET A L'ARMÉE.

LA France, dans le deuil, de vos cœurs grands, sublimes,
Vous couronne, Français généreux, magnanimes!
Damrémont, Richepense, et Larguave, et Potier,
Pérégaux et Dumas, Combe, Pélicier,
Tant d'autres braves morts, Boieux, Lamoricière,
Vos noms sont à jamais inscrits sur la bannière
De vos brillans succès, pleins de célébrité :
L'histoire les dira toujours avec fierté,

En proclamant bien haut que par votre vaillance.,
Vous avez su défendre et Philippe et la France,
Conserver au drapeau de notre liberté
La gloire qui le porte à l'immortalité.

Et nous qui vous pleurons, guerriers francs, amis tendres,
Des lauriers d'Austerlitz nous couvrirons vos cendres ;
Dans nos chants de douleur, de regrets superflus,
Nous nous glorifîrons de vos nobles vertus,
De votre dévoûment, de votre ame héroïque,
De votre ardeur si pure et si patriotique,
De tous vos sentimens de soldat-citoyen,
Qui vous laissent sur terre un nom d'homme de bien.

Si la discorde un jour, en sa fureur sauvage,
Par le fer étranger sur nous porte sa rage,
Comme vous bons Français, aussi braves guerriers,
Nous dirons, l'ame fière en montrant vos lauriers :
Nous avons de leur sang la force et le courage,
Et nous sommes comme eux soldats d'un peuple sage,

Comme eux nous combattons en hommes généreux,
Pour l'honneur du pays et pour le rendre heureux,
Comme leur noble cœur l'a fait en Algérie,
Pour les arts, les progrès, contre la barbarie,
Pour donner la lumière aux peuples asservis,
Par le Dieu tout-puissant créés pour être amis,
En leur tendant la main pour leur servir de guides,
En nous montrant toujours fermes et intrépides
Contre le terrorisme et la perversité,
Contre les ennemis de notre liberté.

Si cette Tisyphone ardente par l'audace,
Osait faire siffler ses serpens par menace,
Venait à nous montrer ses sbires insolens,
Armés pour envahir nos villes et nos champs,
Wagram et Marengo, la France et la justice
Sauraient leur rappeler nos états de service ;
D'un vieux sang rajeuni l'énergique chaleur,
Et que nous possédons son antique valeur.

Les citoyens-soldats, la force de la France,
Par le patriotisme armés pour sa défense,
Braves jusqu'à la mort qu'ils savent affronter,
Sauraient avec vigueur la faire respecter.

Issus d'un noble sang qui sut par sa vaillance
A Jemmapes si bien combattre pour la France,
Vous, nos Princes aimés, premiers soldats sans peur,
Vous sauriez nous conduire au chemin de l'honneur;
Avec la fermeté qui donne la victoire,
Qui porte le pays à la suprême gloire,
Qui donne à sa justice un pouvoir bienfaisant,
Auprès de l'étranger, la force, l'ascendant
Que demande la paix et qu'exige la guerre,
Qui convient aux Français, à leur beau caractère.

Anvers et Constantine hérissés de canons,
Vomissant la mitraille et la mort à vos fronts,
De votre ame ont prouvé le courage héroïque,
Et combien pour la France il est patriotique,

La part que vous prenez à sa prospérité,
Son repos, son bonheur, comme à sa dignité.

Français, nous le voyons, ils sont pour la Patrie,
Une source de biens, un principe de vie,
Remplis de dévoûment, affables, généreux,
D'une bonté constante, actifs et valeureux,
Quand le dieu Mars gronde,
Tonne sur ce monde,
Dans leur ame abonde
L'élan du succès.
Fils de notre gloire,
Déjà la victoire
Fait dire à l'histoire
Qu'ils sont bons Français ;
Ils sont pour la France
Armés de constance,
Et son espérance ;
Ils sont généreux,
Fermes sous l'orage,

Ils ont le courage,
Du roi brave et sage,
Qui nous rend heureux.

Sous la brûlante ardeur de notre jeune armée,
Belle de dévoûment et de sa renommée,
Sous un roi libéral, il n'est plus d'ennemis :
Nous les avons vaincus en nous montrant unis
Pour une liberté généreuse, puissante,
Et contre les excès d'une ardeur délirante.
Mieux que la tyrannie elle sait des humains
Faire le vrai bonheur, embellir les destins,
Donner de la vertu le divin caractère,
Développer les mœurs, les grandir sur la terre,
Et produire dans l'ame une noble fierté,
De l'homme courageux donner la dignité.

Liberté, toi qui sais si bien ennoblir l'homme,
Si célèbre autrefois dans la Grèce et dans Rome,
Le Français généreux, toujours adorateur

De la haute vertu, de ton sexe enchanteur,
Peut-il ne pas t'aimer, te voir belle, adorable,
Quand il retouve en toi la douceur agréable,
La bonté, les vertus, la sainte humanité,
Que Dieu sut détacher de sa divinité,
Lorsqu'il fit l'univers, qu'il donna la lumière
Aux peuples, qu'il marqua l'éternelle carrière,
Pour de ton sexe aimable en former le grand cœur
Et nous faire de toi l'image du bonheur.

Honneur! reconnaissance au maréchal Vallée!
A ce brave sans peur, digne de son armée;
Il sut en Numidie et glorieusement
Nous prouver ce que peut l'élan du dévoûment.

Sous un affreux climat, les armes émoussées,
De ses bouches à feu les forces épuisées,
Et la mort décimant ses bataillons fougueux,
Son ardeur animait ses guerriers courageux,

Qui surent le comprendre à ce beau cri de gloire:
« Sachons, dit-il, mourir, marchons à la victoire! »
A la sublimité de ce beau sentiment
La France vit l'armée, en ce grave moment,
Par son patriotisme enlever Constantine;
Elle put admirer la sainte discipline
Se tenant dans les rangs au front de sa valeur,
Inspirant nos héros de la plus mâle ardeur;
Sur des remparts de feu, disposés au carnage,
Méprisant la terreur, sa foudroyante rage,
Ils surent arborer leur glorieux drapeau,
Comme au temps de Valmy, de Smolensk et d'Eylau,
Du grand Napoléon qu'applaudissait la terre,
Lorsque par son armée et son grand caractère,
Dans un brillant présent d'un si beau souvenir,
Il préparait au monde un immense avenir.

Vive le maréchal qui sut se faire entendre
A l'Europe, qui sut si bien faire comprendre

Que c'est dans le péril, et près de succomber
Que le Français s'élève et qu'il sait triompher !

En ce jour glorieux, à jamais mémorable,
Oh ! combien cette armée était belle, admirable ;
Son ame et son grand cœur tout en était Français !
Pour Philippe et pour nous, quel éclatant succès !
Oh ! combien il sera, pour cette belle France,
Fécond pour son repos, heureux pour sa puissance,
Et pour l'ordre et la paix, ce principe de bien,
De sa prospérité le plus ferme soutien.

A Damrémont honneur ! Il vivra dans l'histoire !...
De son nom remplissons le temple de mémoire ;
Couronnons ce héros des lauriers du vainqueur,
Sa généreuse vie a trahi sa valeur.

Honneur ! reconnaissance au maréchal Vallée !
A son patriotisme à son ame élevée !
Dans cette nuit des temps où la célébrité

Repose dans le sein de la postérité,
Les siècles rediront, à sa plus grande gloire:
« Son sang-froid, son courage ont valu la victoire ;
« Les Français à sa voix ont su vaincre et mourir :
« Oui, sa place est marquée en ce grand avenir ! »

Divine renommée, embouche ta trompette,
Dans l'univers entier qu'elle dise et répète,
En ce siége inouï, dans ce jour de grandeur,
Tout ce que Dieu put voir de sublime en valeur,
En dévoûment produit au péril de la vie,
Tout ce que nos soldats ont fait pour la Patrie.
Plane au dessus du monde, annonce jusqu'aux cieux
De nos jeunes guerriers tous les faits glorieux,
Et que la vérité vienne aussi rendre hommage
A la vertu d'un roi non moins brave que sage,
Sincère ami du peuple et premier citoyen
A qui la France doit tant de gloire et de bien.

Tout à la Patrie,
De la tyrannie

Et de l'anarchie,
Il est le vainqueur ;
Sa noble vaillance,
Sa persévérance,
Notre belle France,
Enflamment son cœur ;
Sa philosophie,
Sa philanthropie
Et son bon génie,
Le font généreux ;
Franc sans artifice,
Ennemi du vice,
Sa haute justice,
Sait nous rendre heureux.

Dans l'humaine équité de sa philanthropie,
Il a su proclamer une heureuse amnistie,
Appeler les Français à l'étroite union,
Pacifier ainsi la grande nation.

De voir la France heureuse, ah! combien sa tendresse
Doit demeurer émue et pleine d'allégresse !
Pour le Roi quel plaisir ! quel bonheur sans pareil !
Après un temps affreux de voir un beau soleil
Par ses rayons ardens féconder cette terre,
Qu'il a su préparer par son grand caractère,
Par sa persévérance, en royal citoyen,
Par ses hautes vertus, son cœur d'homme de bien !

Pour Philippe et pour nous, c'est la douce Espérance
Versant sur le pays la corne d'abondance ;
Et du bien qu'il nous veut toute la vérité,
D'un brillant avenir c'est la réalité.

Salut ! ô mon pays ! salut ! ô belle France !
Honneur au dévoûment ! gloire à l'intelligence !
Aux hommes courageux qui savent t'ennoblir !
Aux nobles travailleurs qui savent t'enrichir,
Aux arts, à la science étendant leur domaine
Au suprême niveau de la grande semaine !

A l'esprit de commerce! à l'esprit libéral!
A tout ce qui grandit l'honneur national!

A notre roi Philippe, honneur, reconnaissance!
Il sait donner le bien que demande la France,
Par la gloire qu'elle aime, et par l'heureuse paix,
Par les mœurs, le travail, les arts et les progrès.

La Patrie et ses Guerriers.

CHANT PATRIOTIQUE.

FRANÇAIS, honorons la Patrie,
Ses glorieux lauriers,
Et sa sagesse et son génie,
Et tous ses fiers guerriers.
Chez elle se plaît la victoire,
Elle est le temple de la gloire :
Chantons, chantons ses guerriers courageux !
Aux accords de notre lyre,
En chœur ne cessons de dire :
Ils nous rendent heureux.

Sur elle règne le courage,
La divine bonté,
Dans le palais de son roi sage,
Se voit la charité,
De la vertu le saint cortége.
La vaillance qui les protége :
Chantons, chantons ses guerriers courageux !
Aux accords de notre lyre,
En chœur ne cessons de dire :
Ils nous rendent heureux.

Du haut des cieux la renommée
Proclame ses hauts faits ;
Et de sa généreuse armée
Annonce les succès
Des héros qui la glorifient,
Pour elle qui se sacrifient :
Chantons, chantons ses guerriers courageux !
Aux accords de notre lyre,

Dieu protége notre Patrie,
Et de son roi l'ame chérie;
Chantons, chantons notre roi courageux!
Aux accords de notre lyre,
En chœur ne cessons de dire,
Il sait nous rendre heureux!

LA

CONSTANTINE

ou

LE DRAPEAU TRICOLORE ET CONSTANTINE.

Musique de H. KLOSÉ officier de musique de la 10e légion de la garde nationale de Paris.

Paris, chez ADDE Boulevard Poissonnière 17.

La Constantine.

CONSTANTINE, fière et rebelle,
A nos soldats a dû céder :
L'Arabe barbare, sur elle,
Voit nos nobles couleurs flotter.
Affrontant boulets et mitraille,
Avec Nemours, brave, sans peur,
Ils ont su briser sa muraille
Sous le drapeau de la valeur.
Pour la France et sa gloire
Il flottera,
Brillera,
Combattra ;
Il nous conduira
Toujours à la victoire.

❀

Ces conquérans de l'Algérie
Ont glorieusement fêté
L'étendard de notre patrie,
De notre chère liberté.
Austerlitz et les Pyramides,
Comme tous vos braves, sans peur,
Ils se sont montrés intrépides
Sous le drapeau de la valeur.
Pour la France et sa gloire
Il flottera,
Brillera,
Combattra;
Il nous conduira
Toujours à la victoire.

❀

❀

De leurs lauriers notre ame est fière :
Ce patriotique succès
Nous dit bien haut que dans la guerre
Nous sommes toujours des Français;
Que Louis-Philippe et notre France,
Sages, justes, braves, sans peur,
Ont pour rempart notre vaillance
Sous le drapeau de la valeur.
Pour la France et sa gloire
Il flottera,
Brillera,
Combattra;
Il nous conduira
Toujours à la victoire.

❀

❀

AIGLE que notre France adore,
Élève-toi jusques aux cieux;
A l'Europe va dire encore
Que nous sommes victorieux;
Que nos guerriers, pour la patrie,
Jeunes et vieux, braves, sans peur,
Comptent pour rien leur noble vie
Sous le drapeau de la valeur.
Pour la France et sa gloire
Il flottera,
Brillera,
Combattra;
Il nous conduira
Toujours à la victoire.

❀

❀

PROCLAME donc, divine histoire,
Ce jour de triomphe et de deuil,
Jour de glorieuse mémoire !
Qui vit fermer plus d'un cercueil.
Héros-martyrs de la victoire,
Vous êtes morts, braves, sans peur,
Vous revivrez, pour notre gloire,
Dans le drapeau de la valeur.
Pour la France et sa gloire
Il flottera,
Brillera,
Combattra;
Il nous conduira
Toujours à la victoire.

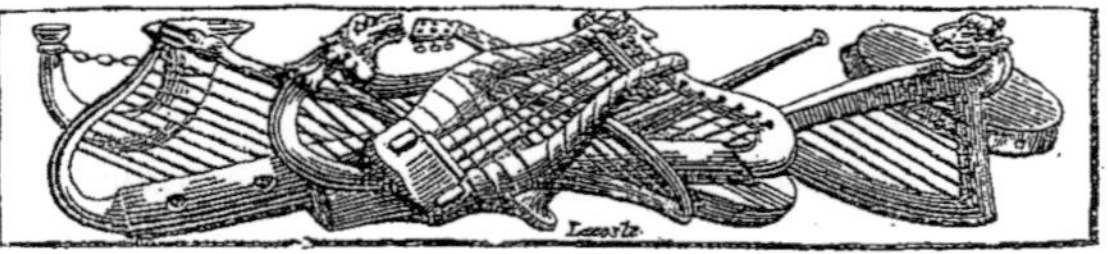

A M. H. Klosé,

Clarinette solo au Théâtre Royal Italien ;

PROFESSEUR AU GYMNASE MUSICAL MILITAIRE ;

Officier de musique de la 10me Légion de la Garde Nationale de Paris.

Cette lettre a été adressée à M. Klosé pour lui demander la musique qu'il a composée pour le Chant national ayant pour titre *La Constantine*, ou *le Drapeau Tricolore et Constantine*, dédié au Roi des Français. — Elle est reproduite ici pour lui en exprimer ma reconnaissance bien sincère.

Monsieur,

Beaucoup d'honorables citoyens provoquant chaque jour le vif désir que j'ai de voir le Chant national que je vous adresse, honoré d'une composition musicale digne du triomphe qu'il célèbre et de la haute consécration dont il a été l'objet, je viens, Monsieur, la demander à votre patriotisme.

Vous avez déjà senti que cet hommage de la vérité rendu au Roi, à l'Armée et à notre glorieux Drapeau, veut une composition accompagnée de cette élévation harmonieuse, puissante, qui échauffe le cœur, produise l'enthousiasme et grandisse les sentimens de ce Chant.

Pour la France, Klosé, la gloire qui t'inspire,
Fais parler les accords de ta divine lyre,
Qu'elle appelle d'en-haut cet air harmonieux,
Que pour ce Chant français il descende des cieux.

Autrement que le craint ta haute modestie,
Tu ne saurais douter de ton divin génie.
Oui, la France t'attend pour chanter ses combats,
Son grand Roi, son drapeau, tous ses braves soldats.

Klosé, tu te rendras à son patriotisme,
Tes inspirations et ton noble civisme
De ton cœur feront naître un air national
Que la victoire attend pour son chant triomphal.

Ta muse y portera cette douce harmonie
Qui fait l'enthousiasme et fait la sympathie;
Et dans l'enivrement de ta brillante ardeur,
Les cieux retentiront des succès du vainqueur.

Nous pourrons sur nos luths et par la mélodie
Célébrer nos héros, chanter notre patrie;
Nous ferons applaudir par ce si doux devoir
Du grand art d'Apollon tout le divin pouvoir.

Aux dieux, comme aux mortels, la musique sait plaire,
Elle attendrit les cieux, elle fléchit la terre:
Suprême en ses effets, elle adoucit les mœurs,
Elle embellit nos jours, rend les hommes meilleurs.

Elle est de la vertu la douce jouissance,
Le charme des loisirs de la tendre innocence;
Elle égaie et soutient l'ame dans la douleur,
Elle fait aux humains goûter le vrai bonheur.

Dans nos temples divins elle aide à la prière
A monter jusqu'à Dieu pour le bien de la terre.
Le bon religieux, le malheureux pécheur
Aime par ses accens honorer le Seigneur.

Si la musique plaît à la haute sagesse,
Et si pour les amours elle est pleine d'ivresse,
La gloire aime à l'entendre au retour des combats
Honorer par le chant tous ses braves soldats.

Que par elle et par toi l'on fête notre armée,
Que l'on exalte en chœur sa haute renommée;
Le courage applaudi fait naître des guerriers,
Et fait croître de beaux et glorieux lauriers.

De nos braves sans peur, dont la belle vaillance
Fait de notre patrie une grande puissance,
Célébrons l'héroïque et rare dévoûment
Par la reconnaissance et par ton beau talent.

Fais entendre aux Français un air patriotique,
Qui rappelle à jamais leurs faits d'armes d'Afrique,
Et qui porte au plus haut le brillant souvenir
D'un triomphe éclatant pour nous plein d'avenir.

Pour toi sera l'honneur que réserve la France
Au talent distingué qui chante sa puissance.
Klosé, tu te verras dignement applaudir,
Tu me rendras heureux d'y pouvoir concourir ;
Et le temps fera dire à la divine histoire :
Les Français savaient vaincre et chanter la victoire.

Agréez, Monsieur, l'assurance de ma considération distinguée, et à l'avance ma reconnaissance bien sincère,

Paris, le 15 Juin 1838.

P. Laisné,

Courtier de Commerce près la Bourse de Paris

IMPRIMERIE DE MAULDE ET RENOU,
rue Bailleul, 9 et 11, près du Louvre.

LA

CONSTANTINE

ou

LE DRAPEAU TRICOLORE ET CONSTANTINE

Musique de H. KLOSÉ officier de musique
de la 10e légion de la garde nationale de Paris
Paroles de P. LAISNÉ.

-re, bril - le - ra,
com - battra;
il nous con - dui - ra
tou - jours à la vic - toi - - -
re.

www.ingramcontent.com/pod-product-compliance
Ingram Content Group UK Ltd.
Pitfield, Milton Keynes, MK11 3LW, UK
UKHW020413230726
13925UKWH00004B/1389